U0082765

致親愛的孤獨者

盛浩偉　改編

目錄

引渡人

「再見。」他露出一抹淺淺的微笑，揮手，然後轉身。

「再見。」我說，凝望著這最後一位離去的客人的身影，聽那腳步聲逐漸隱沒在巷底的深夜裡。

這安靜的深夜，腳步聲消失後再沒有其他聲音。我走出店門，鄰棟的幾戶人家已經熄燈，只剩街口的微亮還醒著。薄薄的涼意襲來，黑貓輕輕地躍上圍牆，我看了一下手錶，已經過了凌晨一點，早在三個小時前就該打烊了。但是，那又何妨呢？對書店主人來說，能夠辦一場所有人都享受其中的講座，甚至講座結束後，有人拉著講者討論得忘我，有人開始在書架間逡巡，有人拿起講者的書或者與講題有關的書開始閱讀，沒有什麼比這些事更讓人覺得滿足的了。

一邊打烊，將桌椅櫃架收齊，一邊回味著剛才的講座，還有那位可以說是當今台灣最厲害小說家之一的講者所念的那封信。他的文字總是充滿濃烈的吸引力，每個用字、每個遣詞，都是那樣華麗，那樣在耳裡充滿迴響，彷彿將我們心中的感受放至最大，膨脹到極限，卻又能安然回歸平靜。這種安魂的感覺啊，所有躁動、不安、恐懼，竟都被小說家的語言輕撫了。

現在這樣的社會裡，一切好像都沒有距離了，卻好像什麼地方都變得很遙遠。想想看，巨大的城市裡，如果想要有像剛剛講座那樣的體驗，想要不為任何實用目的，單純只是以全身的感官、親自、當面去體會那樣精緻的語言，得要去哪裡才能夠達成呢？除了書店，城市裡還有這樣的地方嗎？可是書店，也正一間一間消失，被影片、網路直播給取代。現實的經驗被各種新奇的科技過濾，去除了雜質，純化為資訊。更精準了，更有效率了，但是人，能夠沒有任何經驗，單靠資訊活著嗎？也許有些人可以，也許。但仍有些人不行。像是我。

收拾完畢，我準備要拉下鐵門關燈，卻忽然感到一陣不捨。大概是腦海裡閃過那句詩：「是誰傳下這詩人的行業／黃昏裏掛起一盞燈」——不，我當然不是詩人。我怎麼會是詩人呢？我只是個書店主人，一間小小書店的小小主人，如果你以為我充滿夢想與勇氣，過著自我且任性的日子，那誤會可就大了。現實並不容易啊，日日有大半時間想的都是買賣，都是收支能否平衡，都在擔心明天能否依然像今天這樣安然度過。恐懼像一場下不完的雨，我撐著一把處處破洞的傘，阻止不了滿身潮濕，於是讓內心都附上了銅綠鏽蝕，散著腥臭。

但是，總還有那些沒有附上銅綠的部分，那些仍保持著柔軟、橙紅、至少還有點亮澤的部分。那些仍帶著一點詩意的部分。

沒有這樣一點心情，書店是開不下去的吧。每天我都覺得世界像一列火車，轟隆隆地從眼前經過，捲起煙塵，在車上的人呼嘯而過，但在鐵軌兩旁的人只能驚愕，只能被拋下或是留在原地。被拋下和留在原地其實是同一件事情，差別只是被動與主動而已，可是說真的，誰真的有那個勇氣主動選擇留在原地呢？誰不會害怕寂寞、害怕自己被世界淘汰呢？於是所有人開始追逐、奔跑，接受同一套遊戲規則，認同金錢的遊戲，開始販賣所有可以販賣的，例如勞力、情感、時間，還有自由，都只是為了趕上火車，只為了買一張進場的車票……

抱歉，我太激動了。每次想到這件事，我還是忍不住會激動起來。也許是因為，隻身抵抗世界，真的太過困難了。

我的手指輕放在電燈開關上，卻遲遲捨不得按下。——「掛起一盞燈」。是的，書店就是我替這個世界掛起的一盞燈。給那些，不管是被拋下或是自願留在原地的人；給那些，因為不在世界這列疾駛行進的火車上，而感到格格不入、感到邊緣、感到寂寞的人。

每個願意走進書店裡的人，都像是陪我抵抗世界的戰友。雖然我們各自面臨著不同的戰爭。

回想過去，曾經，我也被某間書店引渡過，讓我從寂寞走向孤獨。在那之前，我也和大多數世人一樣，以為寂寞就是孤獨，直到那個時候我才明白這兩者的差異。寂寞讓人心慌，孤獨才讓人認識自己。當然兩者的差異不只是這樣，只是，若要說得更多，那是光靠三言兩語也說不清的。

又想起一段話，那是一個名叫布魯諾·舒茲的作家寫的。他說：

「畢竟，在那張將我們分開的桌子下，我們所有人不都偷偷地握著手嗎？」

我該怎麼解釋才好呢，這段話。

夜很深了。

沒有把燈關上，我反而轉身，走到櫃檯後的書架，從角落那堆書籍底下，抽出一個陳舊的檔案夾，打開，然後拿出裡頭的一疊信件和信紙。有些已經泛黃，或者明顯讀過好幾次，有些則保留著新生初寄的乾淨感。

那裡有好幾則生命故事。

平常我不會盯著每位客人看，更沒有興趣偷窺他們從架上拿了什麼書，即便結帳的時候通常我也是壓低視線，就算看到臉也只是匆匆一瞥，完全不會留下什麼印象，更遑論必要以外的交談。可是，也許出於一種本能、一種難以言喻的共鳴，遇到某些客人的時候，當他們一踏進門，心裡就會閃過一道直覺，直覺他們是需要被引渡的人。幾乎只有在這個時候，我會走上前，向他搭話，聊聊他視線掃過的書，聊聊他正在閱讀的書；也只有在這個時候，話語彷彿自己就長出了生命，會自動從口中躍出，常常我都慢了一刻才意會到自己正在說些什麼。

話語像是不停歇的噴泉。

或者，更像是地獄上空懸吊的一道細細的蜘蛛絲，彷彿催促著那些需要被引渡的人們。抓住呀，快抓住呀。

當然，現實裡沒有釋迦牟尼佛，奇蹟不會總是在日常裡發生。有的人抓住了，有的人錯過了，也有的時候根本是我自己搞錯，想得太多了，呵。

但終究是有些人抓住了。

喏，就是這些信件上，寫滿的故事。

所謂孤獨者都是有故事的，有故事的人也才懂得孤獨；說到底，從寂寞走到孤獨的過程，都是故事。

終究我也曾經、我的書店也曾經，引渡過這些人。

這樣吧，在熄燈之前，讓我挑幾則故事來回味，也許就能讓你明白，寂寞和孤獨的差異。（而且其實，在挑選之前，我腦海早就清楚浮現了該挑哪幾則故事。久了之後你就是會有這種直覺，知道什麼才是重要的。）

你願意聽我繼續說下去嗎？親愛的孤獨者。

會。我相信你會願意的。

教室

您好，冒昧寫這一封信有些突然，但是我想了很久，覺得還是應該要把這些事情寫下來。

如果您對我這樣一個國中女生的無聊生活小事一點興趣都沒有的話，就請直接把這封信給丟了吧。寫下這封信，不是想讓大家都知道這件事情，而只是，就像您那個時候說的。

您說，也許我只是需要一個傾訴的對象。您也說，如果真的有必要，可以把您想像成那個傾訴的對象。

不曉得這樣說，您想起我了嗎？我就是前幾天那下大雨的晚上，在書店裡待到很晚的國中女生。要離開的時候，您叫住了我，問我剛剛在讀的是哪些書。

對了，那個時候您推薦我的那一本書，我也已經讀完了。很奇妙的是，剛讀完的時候沒有什麼感覺，甚至還有一點點不懂。可是過了幾天，忽然好像就明白了一些什麼。

然後也提起動力，寫下這封信。

就像您那天說的，說我看起來有心事。確實有件事情，一直讓我耿耿於懷。那不是最近的事情，已經過一陣子了，只是我不曾對任何人說過。它很私密，難以啟齒，可是，不說出來，就像有什麼東西放在心底發酵了一樣，時間愈久，它愈會變質，發出奇怪的味道，變成奇怪的模樣。

從什麼時候開始的呢？也許就是從那一天體育課，大家在做體操的時候，我看見青青那對大力晃動的胸部開始的。

即使現在我還是覺得好奇怪，而且不知道可以跟誰說，好像跟誰說都不適合。我身邊真的沒有那麼親近，親近到可以分享心事的人，家人也無法。而且我的家人，其實也只有阿公而已。

希望您不要用鄙夷的眼光看我。也許正因為您這麼陌生，我才有終於有辦法把這件事情從內心翻出來吧。也希望您能做好心理準備，如果您願意看下去，拜託不要覺得我骯髒，畢竟，我還不是那麼有勇氣面對這些。

總之，從那天起，我才好具體地意識到，自己居然也有乳房，雖然它現在還是很平坦。可是，我擁有它，我確實擁有它，而且只要腦海裡一想到青青的胸部晃動的畫面，就會覺得自己的胸部也疼痛了起來。

青青，還有她身邊其他的女生，會不會也有這些感覺呢？她們的身體也會有疼痛之類不舒服的感覺嗎？班上那些臭男生開始說好多閒言閒語，也故意在她們身邊用雙手在胸前比出搖晃的動作，或者用各種方式捉弄。還有阿飛，阿飛最討厭了，有事沒事就一直偷看我，每次朝我看過來，都像是有刻意想說些什麼的感覺。他明明是班長，為什麼要常常這樣故意看我呢？

青青她們被班上那些臭男生纏上的時候，總是一副很困擾的表情，喊著「不要欺負我！」可是看著她們那種害羞又有點生氣的樣子，我卻居然會感到羨慕。羨慕什麼呢？總不可能是羨慕有人會欺負自己吧？

也許是因為在我的眼中，那不像是欺負，比較像是在玩鬧吧。其實就連青青她們也都不太理我。雖然像她們那些很受歡迎的人，本來就不會想要理我這個邊緣人吧。我沒有那麼笨，我知道自己真的很無趣，很普通，沒有特別擅長的東西，就連手機都沒有。大家在講什麼、流行些什麼，我都跟不上話題。每次看青青她們一群人聚在一起拍照、拍影片，想和她們借來看，都只會得到嘲笑。「可以借我看看嗎？」「追蹤我的帳號就好了呀。」「要怎麼追蹤妳的帳號呢？」「連自己辦一個都不會嗎？哈哈哈。」像是這樣。

我已經好習慣這樣，只要不多想，並不會特別地難過。邊緣人就該乖乖當一個邊緣人。

但是，自從 David 老師來了以後，事情就變得不一樣了。我忽然變得，好想要有人關注我，特別是，好希望 David 老師能夠關注我喔。

David 老師是來我們班上實習的英文老師。他和其他老師不一樣，其他老師都好老，都是大人，只有 David 老師，雖然他也是大人，可是還是讓人覺得好年輕，好像是一個親切的大哥哥。他高高的，靠近他的時候，就像是靠在一棵大樹旁邊，心裡面覺得好安穩。而他的眼睛看起來像是小狗，看見他的笑容，也會讓人覺得好開心。一定不止我這麼想。因為他要來我們班上那天，剛從走廊走過，被其他女生看見，就已經掀起一陣騷動。那個時候我本來低著頭看自己的書，聽到大家在吵，也跟著抬頭往走廊看過去。

沒想到，剛好，David 老師也停下了腳步，從窗戶看了進來。然後，他剛好，就看到了我。然後對我微笑。

他的微笑，讓我記了好久、好久、好久。

那一天放學之後，我照例走到租書店，想再租幾本言情小說。可是在架上一直找、一直找，都沒有哪本書是想看的。要不是標題覺得無聊，就是封底的介紹覺得無趣。我從左找到右，又從右找到左，就這樣一直找，找到想要放棄了，但是就在這個時候，我注意到了那個「十八歲以下禁止翻閱」的告示。明明是禁止的，卻反而讓人更想要去看。我悄悄地看了一下四周，沒人會注意我，老闆也在櫃臺看自己的書。我緩慢挪動腳步，移到一般櫃和成人櫃的中間，用餘光掃過書背上的標題，然後很快地順手抽下其中一本之後，窩到角落，順手翻開一頁讀了起來。

書上那些字句像大火一樣燒進眼底。

到現在，我都還記得那一頁上寫了些什麼。**「我塗了豔紅色的口紅，在他的頸子邊咬下，他嗚咽輕哼一聲。我對他淺淺嫵媚一笑。於是他快速伸出右手，動作熟練解開我胸前的衣釦，脫下我的襯衫，只留我刻意穿的淺紅色胸罩。他問我，可不可以錄影，我正要開口拒絕，已見他興致高昂，用另一手愉悅的用手機錄影著他在我身上的把戲。我可以感受到他的手指和舌頭，輕巧又激動。那種快感讓我羞愧，卻又無法阻止。我投降似的呻吟起來……」**我情不自禁地跟著念了出來，腦海中，竟然自動浮現出了 David 老師的樣貌，他興致高昂，用手機錄影著他在我身上的把戲……

好羞恥的內容。下腹部有一種難以形容的悶熱腫脹感覺。好羞恥，可是卻忍不住不去想它。

回家以後，我開始有了好多奇妙的念頭。我突然好想變得受歡迎，變成跟大家一樣能玩在一起的人，我想買內衣，想買手機。

還想要 David 老師能夠注視我。

所以某天晚上，我終於鼓起勇氣走進學校附近那間賣衣服的店，越過一般的服飾，走到了賣內衣的那塊區域。在那之前，我設想過許多情況，在心中模擬過很多可能的對話，但結果，老闆娘遠遠看到了我，就自己走了過來，問我是不是要買內衣，接著，就把手伸了過來。

「別害羞，長胸部很正常，不用不好意思，我摸一下。」她說，「阿姨我都不知道摸過多少胸部了。」

「妳應該穿一百三十號。」

老闆娘嚇了我一跳。她手掌所觸碰到的地方，感覺還沒有消去，熱熱的，癢癢的。她緊接著，就拿出一堆胸罩，五顏六色，有各種花紋，各種材質。

那股熱熱癢癢的感覺，我腦海裡忽然就浮現那段小說的情節，浮現了 David 老師用他那隻厚實的大手拂過我胸罩肩帶的畫面……

那肩帶，像是粉紅色的。

我於是就選了粉紅色的那件。

「要選這個顏色？」老闆娘提高嗓子，用一種質疑的口氣問道。

我點點頭，「還、還要這個。」我隨手拿起一支擺在櫃臺旁邊的、印有不知道什麼卡通圖案的玩具口紅。

就在要付錢的時候，阿飛他媽媽正巧帶他來買衣服，阿飛他還看到了我，就像他平常看我那樣的眼神。好害怕。心中忽然覺得好害怕。他會不會也和那些臭男生一樣，和全班同學說他看見我買胸罩？老闆娘用塑膠袋裝好，我一手就抓起那個塑膠袋，立刻頭也不回地跑回家。

回家以後，我躲進浴室，在鏡子前面脫下上衣，穿上胸罩。粉紅色的肩帶。那應該是David老師會喜歡的顏色吧？我看著鏡子，想像自己塗上口紅，畫上眼影和眼線，戴了假睫毛和放大片的樣子……

這個時候阿公敲了浴室的門。

「阿玉啊，汝毋通規工覕佇浴間仔內底，嘛毋知影佇內底創啥物。」

我只好又撿起衣服，猶豫了一下要不要繼續穿著胸罩，但最後還是選擇了脫下。脫下以後，忽然有點後悔，覺得自己買胸罩的舉動太過衝動，脫下的胸罩也讓我顯得尷尬。我沖了馬桶的水，打開水龍頭故意洗手洗得比往常久一些，才將胸罩藏在懷中，走出浴室。

阿公總是這樣掃興。我順手把胸罩往衣櫃裡一丟，就在客廳沙發上坐了下來，打開電視，幼稚的角色跑來跑去，顯得好愚蠢。我問阿公，可不可以買智慧型手機，但是他只裝作沒有聽見。我再問了一次，他還是沒有回答可不可以。「汝愛加讀冊，毋通一直看電視。莫佮恁爸恁母仝款。」阿公說，「無錢就共囡仔擲予我。」

阿公真的什麼都不懂。什麼都不懂。

雖然現在想起來，我也覺得有點不懂我自己。不曉得，在閱讀著這封信的您，會不會反而比我更清楚呢？唉。就是在那短短幾天，我覺得自己變得不像自己，做出一大堆矛盾的行為。

隔天早上，換衣服的時候，我莫名地忽然好想要穿上胸罩給

David老師看。想知道他看到時會有什麼表情。想知道他看到時心裡會不會喜歡。我攫起那件被埋在衣櫃深處的內衣，帶著一點緊張的心情穿上，再在外頭套上制服襯衫。我站在鏡子前凝視自己，好像有哪裡少了些什麼。我左看右看，最後輕輕解開了一顆中間的扣子。一抹粉紅色就這樣在我的眼前綻開。

也許是上天感應到我的心願了吧，早上快到學校的時候，在路的那一頭就看見了David老師的身影。我放慢腳步，假裝往左右亂看，抓準了時機，才快步上前，在老師身旁大喊了一聲，「老師早。」

「早呀。」老師親切地回應我，我也看著老師的眼睛，那個溫柔又堅強的眼神，突然覺得心中好像有千萬句想要說的話，可是卻不知道為什麼連半個字都說不出口。我頓時覺得好焦躁，像是一管牙膏還有很多很多卻怎麼擠也擠不出來一樣。老師還是一直盯著我，但眼神裡開始飄出微微的期待和困惑，彷彿在問我：「小玉，妳想說些什麼呢？」

「老師你吃早餐了嗎？」好不容易，我才吐出一句話。

「等一下到辦公室吃。」

「我還……」我說，我還沒吃；我還想接著問好多事，但在說出口之前，話就被打斷了。

「嗳，許老師啊，」是教國文的劉老師。他拍著 David 老師的肩膀說，「下午辦公室要開的那個會，今天是輪到你報告吧？」

「是的。」

「那你還記得上次那個……」他們一邊說一邊走進校門。我楞在旁邊，覺得自己好失敗，為什麼話會突然卡住，說不出來呢？明明，明明就有好多想要說的話呀。

早上兩堂課根本沒有辦法專心，只是一直在腦海裡重播早上和 David 老師的對話，他說「早呀」，我說「老師你吃早餐了嗎」，他說「等一下到辦公室吃」，我說「我還沒吃，老師你今天吃什麼呢，你喜歡吃什麼呢」，如果那個時候沒有一點點遲疑，就可以知道他喜歡吃什麼，也許下次就可以買給他吃了。

我胸口有滿滿的後悔，下課時間又看到青青在外面纏著老師，用手機在看影片。她們一群人開心地圍著David老師，透過窗戶，看起來就像一幅畫，但我卻不在那裡面。我悄悄繞到走廊，躲在他們的身後，跟他們一起走向教師辦公室。

「老師你不覺得他真的很有趣嗎？現在我們都超喜歡追他的影片。」

「超有趣的。」「真的。」

「是嗎。你們還喜歡看哪些youtuber的影片？」

「有很多吔。老師老師，」青青說，「不然你加我的line，之後有有趣的影片，我就可以傳給你了呀。」她們走進了辦公室，走進另一個窗框裡，輪到我一個人站在走廊上。

「唔，好。」老師說著，拿出了手機，「掃一下。」他說。

「耶，好了。」青青很開心地笑著說。

「同學們快點回去，要上課了。不要吵老師休息，整間辦公室都是你們的聲音！」劉老師大喊，青青臉上的笑容立刻消失。我躲在門旁邊，看她們一個一個離開辦公室，心裡有些開心，也對劉老師改觀，雖然早上是他拉走了 David 老師，但現在也是他趕走了青青她們。

「許老師，」劉老師說，「我覺得你很受歡迎，跟女同學們都沒有距離。」

「沒有啦，他們都只是小女生而已呀。」

「就因為是小女生啊。」劉老師說，聲音聽起來有點嚴厲。David 老師背對著我，我看不見他的表情，但覺得他們兩個人似乎有點尷尬。

「你是……」劉老師又開口。「你真的不喜歡小女生？」

「阿忠老師，我喜歡成熟的女人啦。」他說。

鐘聲響起，我趕緊跑回教室，耳朵邊則一直迴盪著「成熟的女人」這幾個字。成熟的女人，成熟的女人。老師，我有月經，我也已經開始穿胸罩，算不算是成熟的女人呢？如果我塗上那支豔紅色的口紅，是不是就真的是一個成熟的女人了呢？我一邊疑惑著，卻也一邊覺得安心。和青青她們比起來，我更安靜、更乖，所以我應該也比她們成熟多了吧。這樣想著，灰暗的走廊，走廊兩旁有點枯萎的盆栽，混濁的天空還有曖昧的陽光，講台上無聊的講課聲，那些不喜歡我的同學的嘴臉，都像是被施了一層魔法，全都變得親切了起來。

我知道我真的比青青她們成熟，我也知道David真的喜歡我。那一連串的事情，都發生在幾天之後。那一天，家政課結束，我捧著縫到一半的鈕釦作業走回教室的時候，經過了籃球場，David和其他幾個年輕的男老師正在打籃球。那是我第一次看見穿運動服裝的他，他的肩膀好寬，手臂好粗，腿也好結實。那些肌肉微微隆起的線條，俐落的頭髮，皮膚上汗水淋漓的反光，甚至連奔跑與跳躍之間球衣的飄擺，都和另一個球場上那些臭男生完全不一樣，充滿了可靠和帥氣。在淡淡的太陽底下，他認真的表情是那麼迷人，眼神是那樣銳利。我不知不覺就站在場邊看了好久。充滿氣的籃球拍打的地面聲音，橡膠鞋底摩擦的聲音，間或有一兩聲吆喝大喊。他銳利的眼神忽然就向我掃來。他看著我。他看著我在看他。然後，一瞬間，他對我綻放了一個大大的笑容。

手上的鈕釦作業不小心掉到地上。

球也投進了框裡。

他朝我走來，彎身替我撿起掉在地上的東西，遞給我，我才發覺自己根本在原地楞了好一陣子。

「謝謝老師。」

「嘿，」他說，一邊用另一隻手掏著口袋，「小玉，可以幫老師買個運動飲料嗎？鋁箔包的那種就好，買兩包。」

「好。」我說。

「三十塊夠嗎？」

「夠。」

我收下零錢，開心地跑向轉角的自動販賣機，將零錢投下，但是按了好多次按鈕，卻沒有任何反應。再仔細一看，原來「售完」的紅燈已經亮起。我立刻壓下退幣鈕，拿了零錢又趕快跑向在校園對面那側角落的自動販賣機，跑著跑著，上課鐘聲又噹噹噹噹地響起。我加快腳步，終於找到另一台自動販賣機，而且很幸運地還沒有賣完。

當我揣著飲料跑回籃球場，早就不知道已經上課多久了。除了教室裡，校園裡幾乎沒有人煙。會不會David也離開了呢？我邊跑邊想，如果David先離開了，下一節下課去辦公室找他，他會在嗎？但是等我回到那裡，所有人都走光了，只剩他居然還特地留下等我。

「老……老師，飲料，買，買回來了……」我喘著說。

「謝謝妳噢，」他笑著對我說，「來，一包是請妳喝的。」他將飲料又還給我。

「謝謝妳。趕快回去上課吧。」他說。

所以，這難道不是他真的喜歡我的證明嗎？在打球的時候，他獨獨注意到了我，也早就決定要請我喝飲料。難道不是因為，我在他的眼中是特別的嗎？即使到了如今，即使經過那件事，我依舊是這樣認為的。他對我來說這麼特別，我希望我對他來說也是這樣。

過去，我從來沒有這種強烈想要和一個人靠得這麼近的感覺。想要靠近，想要知道所有跟他有關的大大小小事情，想要近到和他合為一體。

這種陌生的感覺，是否就是愛呢？

連我這麼邊緣、這麼寂寞的人，居然也會有愛的感覺嗎。這種奇妙的、難以形容的，卻又好具體的感覺，像是放在外套口袋裡那包沉甸甸的運動飲料，隨著上樓的腳步晃來晃去的。

我完全忘記了已經上課很久，進教室的時候，馬上就被劉老師針對。

「哇，原來今天上課鐘聲特別小啊。」劉老師說。

「我、我剛剛去廁所……」我小聲地回答。

「下課十分鐘，現在上課十三分鐘了。林佳玉，妳上個廁所還真久啊？」

「我……」

「上廁所這麼久，是不是身體出了什麼問題啊？」班上有同學小聲地笑了出來。

「身體有問題要去看醫生啊。」老師說，「但是妳遲到還是要照規矩來。來，同學，遲到十三分鐘，罰站幾分鐘呀？」

「遲到十三分鐘，罰站十三分鐘。」班上同學一致地回答，彷彿我是和他們不一樣的異類。

「好了，這樣有沒有比鐘聲大聲啊？聽清楚了吧？回去妳位置上站好。」劉老師說。

在同學的注視裡，走回位置上的這段路，變得比以前都還要漫長。臭男生們就像平常那樣笑著，女生們也用藐視的表情偷瞄我。青青本來還低著頭玩手機，當我走過她旁邊，她卻低低地拿起手機向我，偷偷拍了幾張照片。

我突然覺得好生氣，好生氣。

整堂課，我都在想著要如何對她報復。等到下課，也很巧地，她好快就被其他人找了出去，連手機都放在抽屜忘了帶。我趁著沒人注意到的空檔，悄悄移動到她的座位附近，迅速伸手，拿了手機，就跑到廁所。

憑著平常的記憶，試了三四次，就猜對了密碼。我隨便點按著，找到了她上課偷拍我的照片，還有她上次傳給 David 看的影片。我繼續點開不同的東西，迅速地看著，她的通話紀錄，她的遊戲，她的簡訊，然後我點開了 line，發現了她居然和 David 聊了好多天，傳了好多照片，還包括偷拍我的那張照片。

忽然，照片旁邊冒出「已讀」的字樣，David 的回覆也在這個時候傳了過來。

「小玉怎麼了？」

我緊握著手機，盯著螢幕，雙手顫抖，內心同時充滿了各種不同的感情，好像是害怕，好像是羞愧，好像是生氣，好像是嫉妒，好像是恨，各種感情就這樣佔據了我的思考，忽然，這些感情融合成一股巨大的衝動。

我打開了攝影鏡頭，把手機靠牆斜放，確定我的位置在畫面中央。我按下了錄影鍵。**我塗了豔紅色的口紅，在他的頸子邊咬下，**

他嗚咽輕哼一聲。我對他淺淺嫵媚一笑。對著鏡頭，我把衣服拉起，露出那件粉紅色的內衣。**他問我，可不可以錄影，我正要開口拒絕，已見他興致高昂，用另一手愉悅的用手機錄影著他在我身上的把戲。**他看著我。他看著我。我一隻手拉著制服，另一隻手在身上緩緩摸來，摸去，撫過自己的腰，自己的胸。

我拿起手機，看著螢幕，伸手按下中止鍵。

然後我將影片傳了Daivd。

一切都不受控制，自然而然地動了起來。

「已讀」的字樣，也再次跳了出來。

我的腦海一片空白，直到上課。

劉老師一走進教室，就嚴厲地說，「班上有同學的手機不見了，有沒有人看見？」

青青跟在劉老師的身後，一臉生氣的樣子。我和她對上了眼，她的眼神立刻改變，像是一口咬定兇手就是我的樣子。我看向其他地方，心裡卻有點開心。

「沒有人看見？」劉老師說，「最好不是誰偷走的。妳回座位。」青青走了回來，又瞪了我一眼。

「全部不准動，現在開始檢查書包。班長。」

「有。」阿飛說。

「從第一排開始。」

老師和阿飛在全班一整片的安靜裡，一個接著一個檢查起大家的書包和口袋。走到我身邊的時候，不曉得為什麼，阿飛的動作顯得有點遲疑，反倒讓我緊張了起來。老師注意到青青也瞪著我，像是有什麼異樣，所以翻書包翻得比別人還要久，但他什麼也沒找到。

「妳站起來。」老師說，開始對我的外套口袋左看右看，又伸手摸了摸。「這裡面是什麼？拿出來。」

他嚴厲地說，我也只好照做。

「哼，妳坐下。」他對著我手上那包運動飲料說。

老師和阿飛繼續搜著，把全班都搜過了，還是沒有結果。「自己的東西要自己保管好。貴重的東西掉了很麻煩。」老師回到講台上說，「你們有誰看到，之後要還給青青。」

他們當然找不到手機。手機早就被我沖到馬桶裡了。

是不是這次報復的成功，才讓我繼續做出那件事情的呢？照平常的我，根本不會有動力，也根本不會有勇氣那麼做的。雖然在心裡，我確確實實，很想要那樣，很憧憬那樣。

但我也完全沒有預料到後果。

還記得那天放學，夕陽特別橙黃，金亮裡帶著鮮豔的紅，像濃稠的顏料一樣鋪蓋在整座校園上。整齊卻空蕩的教室，人聲逐漸散去的走廊，靜止的樹和還沒有開的花，我站在教師辦公室的門外。彷彿命運的安排，裡頭只剩 David 還留在位置上改作業。我悄悄站在門外，將手伸進口袋，摸到了那包運動飲料，不，不是這邊，是另一邊。我從口袋裡掏出了玩具口紅，一種徹底鮮豔的紅。我塗上它。

David 打了一個哈欠，伸伸懶腰，低下頭用手揉著雙眼。他閉起了雙眼。

我慢慢地走進辦公室，走到他身邊。第一次，這麼近距離地看著他的脖子，脖子上層那細細軟軟的汗毛。

然後輕輕地，輕輕地將手放在他的肩膀上。

他睜開了眼睛，看向我，原本還有些疲憊的表情，瞬間回過神來。

「怎麼還沒回家呢？」他看了一下手錶。

我什麼也沒說，只是抿了抿嘴唇。其實心裡有一股淺淺的緊張和恐懼，像是走在一條高空鋼索上。我感覺得到自己冷汗直流，制服輕輕地貼上了肌膚。

他本來看著我的眼睛，之後眼神開始往下，應該是我的嘴唇，然後是脖子，然後是胸部。我用餘光看見那沾了汗水的白色制服底下，隱隱約約顯出了內衣的粉紅色。

「老師，」我說，「你一定是一個好老師。我們班很多女生都喜歡你。你知道嗎？」

他沒有說話。

我繼續踏出腳步，向他靠近。

「等……」他像是要說些什麼，卻不小心把桌上的筆用到地上。

我蹲下，撿起筆。抬頭的時候，看見他的一支腳就在我眼前。我又伸手，摸著他的小腿。而他也伸手，扶向我的肩膀。我一點、一點，站了起來，和他面對著面，大概不到一本課本的距離。

「老師……」我說。這一瞬間，忽然好想要好想要擁抱眼前這一個人。

他的手從肩膀滑落到腰際，原本只是很輕地靠著，卻漸漸開始愈靠愈近，最後用力地壓在我的皮膚上。老師，你可以抱我。你可以用力把我抱在你懷中，老師。

老師，你可以用力把我抱在你懷中嗎？

「許老師！」

就在我這麼想的時候，辦公室外，劉老師大喊了一聲。我嚇了一大跳，像是做什麼壞事被發現一樣，便立刻跑出了辦公室。

那一刻起，我就再也沒有見到過 David 了。

之後發生的事情，好像也都很理所當然，就是變得和之前一樣，我又恢復成先前那個無趣、普通的邊緣人。唯一的差別是，在她們眼中，特別是在青青的眼中，我又多了一個被欺負的理由：我是害 David 離開這所學校的人。

有好幾次，青青都趁午睡結束的時候偷偷剪我的頭髮，以為我不知道。其實我都知道，但我打從心底覺得讓她剪一剪頭髮也沒有關係，反正她也沒有膽子做得更過火，而且畢竟，我也確實把她的手機沖倒馬桶裡。關於這件事情，我並不後悔。我是指，我對青青並不後悔；我真正後悔的是，這樣就再也沒有辦法和 David 聯絡了。

我從來不覺得是他的錯。雖然之後，我也偷聽到好多其他老師小聲談論 David 怎麼錯得那麼離譜，但我真的從來沒有這麼覺得，反而，我還曾經覺得是我自己的錯。尤其是在那一天，後來劉老師跑了出來，追問「有沒有怎麼樣」並且匆忙摸著我的身體的時候，讓我想起了去買胸罩的那天晚上，還沒有任何心理準備，老闆娘就將手掌按在我胸部上的感覺。熱熱的，癢癢的，更帶著一點反感和自責。這樣的感覺，隨著劉老師那雙粗短的手的觸感，隨著他將我緊緊抱住，更是爬滿了我的全身。我要的不是這個，我要的不是這個。那時候我心裡這樣想，於是忍不住就哭了出來。

不曉得為什麼，大人總是不願意聽我心裡真正的話。對，他們都很友善，都擺出一副很善於傾聽的樣子，可是每當我想要說，我，覺得我是真的愛著 David，而 David 也真的愛著我，這個時候，他們又會暗示我說錯話了，要我仔細想一想，他有沒有對我怎麼樣。他沒有對我怎麼樣。但是在那之後，我更常去租書店的成人區，偷看那些大人才能看的小說，然後想像著當初，David 確實將我摟入懷中，撫摸著我的胸膛和大腿，我們兩個靠得好近，好近⋯⋯

轉眼之間，事情已經過去這麼久了。隨著時間的流逝，我每次想著他，心裡就有更強烈的羞恥。就像我在信的開頭說的，這個回憶，它發酵、變質了，有著奇怪的味道，成為奇怪的形狀。這件事情一直困擾著我。我疑惑，是不是不應該，這樣子去愛一個人，而每當這樣想的時候，都覺得特別寂寞，常常不自覺就哭了出來。

如今，我能夠將這些事情原原本本、毫無保留地寫下來，至少有一半要歸功於您那天推薦我看的那本書。我特別喜歡裡面那一篇〈純真〉。這篇故事寫到一個男子在成年之後，偶然回到過去的故鄉，憶起自己曾經深愛一個女孩，還曾經寫了一些紙條，藏在一個秘密的地方要給她。這個男子找到那個秘密的地方，發現紙條還在那裡，打開來看，竟然是一幅粗鄙猥褻的圖畫，有個一個裸男和裸女。他難過極了，覺得十分痛苦，但是，到了深夜，他開始領悟到那幅裸男裸女圖其實純潔無邪，是因為他經歷了好多歲月的洗禮，才把畫解讀成猥褻。我想，再沒有什麼比這個故事，更能當作我自己故事的註腳的了。

相信推薦這本書給我的您，一定也能夠理解吧？如果您無法理解，就不會將信讀到這裡了。也許，我的故事不是所有人都會經歷，因而顯得特別，卻也因而顯得孤獨。但是，我必須要謝謝您，讓我讀到這篇故事，讓我覺得自己並不是寂寞的，也讓我提起勇氣，把這一切都寫下來。

確實，全部寫下來之後，我感到好多了。

破窗效應

這第二封信，其實不只是「一封」，而是由幾封不同的信所組成。有的是明信片，小小的字體寫得密密麻麻，有的用信封裝著，而每個信封裡，除了一兩張寫得滿滿的信紙，還都附上一張空白的明信片。一開始我無法理解這個舉動，為什麼不直接寫明信片來就好了呢？但是等看過內容之後，就大概懂了。明信片上的話，誰都看得到，可是有些話，確實只能潛藏心底，或者只能找個安全的黑洞傾訴，而信封，則負責守護著這些話語。

明信，暗信。那麼，為什麼信封裡還要附上明信片呢？從沒問過。但是我猜，是因為她想和我分享沿途所見吧。明信片上的照片，也都和她寄信的地址相近，如今人們越來越少用底片拍照，也越來越少將照片沖洗出來了——其實就連手寫信件也少之又少了——人與人之間的聯絡、溝通，全都化約在數位的世界裡進行，很迅速、方便，又不佔空間，然而卻彷彿也像是隱喻，隱喻著人與人之間的羈絆也隨著物質的減少而變得輕薄虛幻。在這個時代，還堅持著上個時代的物質生活，總是孤獨的。卻也時常覺得，這樣的孤獨，有其必要。

確切的東西，也象徵著情誼的確切吧。

我拿出第一張明信片。照片是一條大河的出海口，夕陽在半空中燃燒著，在河面留下一道金亮的光。

*

你好，書店主人，記得你是希望我這樣稱呼你的。那天我們聊得很愉快，可是直到現在我還是覺得很神奇，你當初是怎麼察覺出我是準備要出去進行這趟旅程的呢？我記得那天的打扮只是平凡的T恤、平凡的牛仔褲、平凡的布鞋，平凡的背包，就像平凡的生活裡的那樣打扮，就像我現在也穿著的這樣。可是除了你，這趟旅程到目前為止還沒有其他人看出來呢。這應該是一種準確的直覺吧，和你談話的時候，我一直有這種感覺，雖然那天是我第一次踏進你的書店，是我們第一次交談，而且其實也沒講什麼，可是卻像是講了好多一樣。也因為這樣，讓我開始認真思考，該不該把這個秘密對你說。人們都說，把話講出來以後心裡會比較好受，但是我總是很懷疑這種講法，雖然憋著確實很難受。可是講出來的好受，也只是自己心裡的好受，就代表一定會得到比較好的對待嗎？不，說不定，還會得到可怕的懲罰。人就是這麼奇怪又捉摸不定的生物啊。在發生那件事情之後我常常想，如果我也能有像你那樣準確的直覺就好了，這樣的話，當初就能把事情看得更清楚，更能看穿他人的舉動背後有些什麼。也許有些表面上看起來壞的舉動不一定是出自惡意，可是當時的我並不瞭解這點，才會犯下那樣的錯……這樣講下去好像就是在替我自己開脫了，因為我也不是出自惡意才那樣做的。但即使如此，心裡還是很不好受啊，很不敢面對。抱歉，好像寫了很多東西但還是沒寫到重點，但老實說，我有點寫不下去了呢，像是有什麼哽在喉嚨讓人說不出話一樣，也許，過幾天，下一封信裡，我能更坦率地把事情寫出來。謝謝你，書店主人，我真的很喜歡你的書店，你介紹的那幾本書我帶著，但只讀了其中一本的開頭。等我讀完，再和你分享心得。謝謝。

＊

第二張明信片比較短，寄來的時間點則是前一張明信片之後的兩個禮拜。圖片是水彩畫，畫的是山裡的一個小村落，屋房緊鄰著，週圍繞著翠綠的山和樹。我想像她也許本來想要順著河流往大海前進，卻臨時有了不同的念頭，於是轉過身，往完全相反的方向走去。

雖然一切都只是我自己的想像。

這張明信片的內容比較簡短。

＊

你好，書店主人。我沿途寫信給一些人，但我覺得好神奇，寫明信片給你的時候，跟寫給其他人的時候相比，心裡面居然有覺得輕鬆。為什麼會輕鬆呢？也許就是因為你是一個陌生人吧。陌生人，卻能夠跟我交談，像我認識的人一樣。而且寫下這些字句的時候，我腦海裡居然浮現你讀著這張明信片的時候的神情還有心情。（雖然一切都只是我自己的想像）反倒最難的是寫給家人，寫給我爸。最親密的人一旦在心裡有了距離，就會立刻遠到無法想像也無法跨越。或許哪一天我能克服這到難關吧。希望可以。你會想多知道我爸是怎麼樣的人嗎？寫完才發覺這樣問好奇怪，哈哈。祝福一切都好。

＊

她第三次寄來的是封信。這封信厚了一點，有更多張信紙，但是每個句子卻更短。信封裡頭夾帶著兩張海邊風景的明信片，構圖很類似，海也是同一面海，可是一張是透亮的藍，一張卻是深沈的藍，讓人驚訝明明是同樣的海，竟然也會有這樣不同的展現。

*

你好，書店主人。

我殺了一個人。

我真的殺了一個人。

這不是修辭或者隱喻或者象徵，我真的殺了一個人。

好吧，其實我不確定她是否真的死了，但自從那之後，我就認定自己殺了一個人。

雖然我不是拿刀、拿槍，或拿任何武器殺死了她，但她確實是在我眼前「死掉」的。

就那樣口吐泡沫，眼睛翻白，然後全身顫抖著，抽搐著，從頭，到肩膀，到手臂手指，到腿，到腳踝……

我在旁邊，卻什麼也沒做，就只是眼睜睜這樣看著，直到她靜止下來。

看著她平靜得像那個房間裡的所有擺設，例如桌子，椅子，書櫃，檯燈，那樣平靜，不動。

然後我就跑開了。

殺一個人，居然是這麼容易的一件事。

不需要是殺手，不需要做很多準備，只要有一股衝動，只要順從自己的衝動，憤怒，不去顧慮任何後果……

後來，有通電話打來，告訴我，我可以住進那個房間。

只是從那以後，那裡就像是一個儲藏室，我只是把東西堆在那裡，在有需要的時候回去拿，或者換衣服。

我不敢睡在那邊。我確實睡過幾個晚上，可是只要睡在那張床上，那張她曾經躺過的床上，我都會做惡夢，沒有例外。

明明是不同的床墊。

明明那天之後，不曾看過警察在這邊。

明明沒有人說過那是我害的。

對啊，如果她真的就這樣死掉，事情有可能這麼簡單就被粉飾太平嗎？

可是我卻沒有辦法讓自己覺得，我什麼也沒做錯。

我甚至沒有勇氣去探究，那天晚上，我跑開之後，到我住進去，之間，發生了什麼事情。

為了讓自己不要過度擔憂、過度焦慮，為了降低每一天每一分每一秒的痛苦，人真的可以輕易就把良心之類的東西給泯滅掉。

老實說，我對自己裝做若無其事的能力，也感到驚訝。

我犯過很多錯，但這真的是第一次，在犯錯之後，我刻意不承認它。沒想到這第一次，我就能做的這麼好。

這是為什麼呢？

到底是為什麼呢？

這趟旅程，我一直在思考這個問題。到你書店的那個晚上也是。

什麼是對，什麼是錯，什麼是好，什麼是壞，什麼是善，什麼是惡，什麼是我們，什麼不是我們，什麼是實話，什麼是謊言，還有什麼是傷害，什麼是懲罰。之類的問題。

前幾天我忽然閃過一個詭異的念頭，覺得，那天晚上她到底死了沒有，好像已經不重要了；不管她死了沒有，我都覺得我殺了一個人。我的若無其事，也只是為了掩蓋我的「我覺得」。

也許從前面的敘述裡，你會認為我只是一個冷眼旁觀的人，其實什麼事情都沒做，錯的是我太過冷血。會嗎？

但不是這樣的。

我只是，真的沒有勇氣寫下我做了什麼。

而且，從那個房間跑走之前，我，我還特地把弄亂的東西放回原狀。

就在她變得那樣平靜不動，之後。

那是很本能的一種動作，根本不是出於思考。就像是把扯壞的衣服上掉了的鈕釦縫回去，或是用手捧著破了的塑膠袋那樣，是一種反射動作，去補救些什麼。

儘管衣服壞了、塑膠袋破了，這些部分，本質上是無法補救的。

也許有些事情真的是無法補救的，但當下我卻，不知道是刻意還是無意識地，忽略了那些無法補救的事情。

一直到那通電話打來，我才恍然大悟：啊，有一些無法補救的事情，發生了。

是的，我的確動了手。

我抓了她的衣領，我推了她；雖然這都是因為她忽然開門，用力把我拉進房裡，又不肯放開手。

雖然她開房門，也是因為受不了那天晚上我一直站在外面敲門大叫。

但是我那樣敲門大叫，只是想要得到一個應有的回應而已。那個時候，我怎麼能想到她會怎麼做，後來又會變成這樣呢？

當然我知道，真正該回應我的，不是她，而是學校。如果當初，不是學校出了差錯，就不會有這些後續。

只是，我很生氣的是，為什麼她也不能理解、不能站在我這邊呢？其實只要她也站在我這邊，事情應該很快就可以解決的，不是嗎？只要我們一起想辦法，事情總是可以解決的。

這樣說來，也不能完全說她沒有任何責任吧。責任本來就不是想要切割就可以任意切割的。而且世界上，真的有事情是那樣清楚分明、責任完全只屬於一個人的嗎？

就連生輔組的劉組長，她會搞錯（雖然她並不承認自己搞錯）也一定是因為其他人、其他事情吧。她有一些責任，但其他人、其他事，也有責任。

唉，但是我這樣寫著寫著，又覺得自己好像一直把屬於我自己的責任往外推。請你理解，我真的沒那個意思。如果我真的這樣覺得，就不會那麼果斷承認自己「殺了」一個人。我只是……只是很想一步一步，回頭去看事情到底是怎麼發生的而已。

與其說是責任，不如說是因果。在這個世界上，事情與事情之間是彼此相連的，就像人跟人之間是彼此相關的，雖然我們看起來都很寂寞，常常獨自一人，但其實有很多看不見的絲線，將所有人、所有事情，緊緊連結在一起。截至目前為止我的這趟旅程裡，學到的大概就是這件事情。（如果你對這個有興趣的話，等我有機會回到你的書店，再和你分享吧！）

把信重新看過了一遍，覺得自己寫得太雜亂了，你一定到現在都還一頭霧水，不知道到底是發生了什麼事情吧。

我還是先很簡單地把事情經過描述一遍。

我是屏東人，考上了臺北的大學。開學之前，我一個人到學校報到，也都在網路上查好各種該辦的手續、入住宿舍的注意事項。

學校的宿舍很有名，因為非常多單人房。聽高中老師說，臺北很少有這麼便宜，而且設備不錯、數量又這麼多的大學單人房。上臺北之前，我就期待了很久。

到學校之前，我還特別把通知信仔細看過了一遍。上面清楚寫著：詹凱涵，四二八號單人房。行李放妥後，請於當日五點前至生輔組填寫資料並領取鑰匙。

所以我滿懷著期待，拖著行李，看著地圖，走到那個應該是屬於我的房間。但是，卻看到那個寫著「四二八」的門牌下面，已經貼上了名字的標籤，汪晨輝。

她是一個中國留學生，比我早三天住進這間單人房。後來認識她（我算「認識」她嗎？），她不是壞人，在我把通知信拿給她看之後，她也很願意和我一起去生輔組，看看到底是哪裡出了問題。問題是劉組長。在我問了她之後，她只告訴我，系統上沒有我的名字。

不管怎麼問，或者提出什麼意見，劉組長最後都只是說，這是學校的規定，也不是她能夠決定的。

可是，我確實有察覺到。

在她看到我的通知信，並且查了系統之後，她確實有一瞬間，露出了驚訝意外的表情。不是疑惑、覺得奇怪或抱歉，而是驚訝和意外，像是做錯什麼事情被發現。

一定，是她在哪裡出了錯，只是不願意對我承認。也只有這樣才能說明為什麼我愈問，她會愈生氣。

到最後，她只丟下一句，建議我去外面自己找房子，接著就假裝我不在辦公室一樣地無視我。然後汪晨輝，那個中國女生，也像是沒有自己的事情一樣。

可是，我怎麼會有錢，去外面自己找房子呢？我身上的錢，連在旅館住兩晚都不夠。

我還能去哪裡呢？

所以到最後，我才只能在宿舍走廊外大喊大叫，希望晨輝可以再一次、最後一次，陪我一起解決這個問題。

她卻不再願意釋出善意，而是用力把我拖進房間。

然後就發生那樣的事情了。

我就殺了她。

很抱歉，還有很多細節，應該都要一併講出來的，只是……寫這封信，其實很痛苦。在這之前，我還沒有這麼正面地看待自己做過的事情，也還沒有（雖然我在心中一直這樣覺得）明白地承認：

我殺了一個人。

寫到這裡，我覺得自己已經有點無法承受了。

就讓我先暫時在這裡擱筆吧。

謝謝你願意讀到這裡，書店主人。這些話我一直憋在心裡，很想說，卻不知道可以向誰說。雖然我還無法完全把細節都講清楚，請等我再整理幾天思緒吧。現在，我旅行到了海邊，在一間靠海的小餐廳，一邊吹著海風，一邊聽著浪聲，一邊寫完這封信。

太陽剛剛好，不會太熱，也不會讓人惋惜太過黯淡。而眼前，大海真的非常遼闊，而且想像中的遼闊和實際上的遼闊完全不一樣。這種感覺就好像是，聊天的時候，講到「大海」，腦海裡的確會浮現遼闊的聯想，可是等到真的見到實際的大海時，依舊會驚嘆「原來所謂的遼闊是這麼一回事」；自然總是超乎人類的想像力。跟那樣巨大又絕對的海平面相比起來，彷彿所有的事情都只是相對的。

＊

我又看了看那兩張明信片，想像著她的心情，也回想起第一次閱讀這封信的震驚。看到第一句的時候，我反射性地想要報警，但繼續往下讀之後，旋即為這個念頭感到羞愧。唉。

她又旅行到海邊了。是啊，其實山和海不會太遠的。在這座島上，山和海時常緊緊相連，你以為躲藏到了內在最深處的地方，卻反而可能因此登上過去不曾登的制高點，所以能夠看到外面，遠方，還是很遼闊。有時，重要的不是你身處在什麼地方、怎樣的位置。或許人會在哪裡，是無法選擇的，甚至接下來要往哪裡去，也受到重重阻礙。但就算停留在原地，你還是可以決定要往哪邊望去。

又聯想得離題了，呵。

我只是想到，很多事情總是只有一線之隔，上一秒你以為自己走在正確的道路上，可能沒過多久就誤入歧途；前一刻你感到絕望，可能立即就會吸引來其他一樣受了傷、傷透了心的人，為了鼓勵他們，你又本能似地振奮了起來。重點不是事情會改變，重點是你其實不能確知接下來到底會發生什麼；但你，但我們，總是誤以為「確知」那麼容易。所以很多時候只能等下去。或許步伐無法繼續、或許思緒不能控制地沈寂了下來，但你可以把自己的心放到流動的時間裡，讓它像一片葉子順著時間流動。那就叫做等待。

我打開第四封信。

＊

親愛的書店主人，你好。最近過得好嗎？昨天，我的旅程剛剛經過一個有很多中國遊客的地方，被他們包圍，即使講的都是同樣的語言，但是口音不同，還是有種置身在外國的感覺。

常常在網路上看到網友鄉民罵中國遊客吵鬧、沒有教養，好像很討厭的樣子。我本來對他們並沒有什麼特別的想法，不過昨天，在和攤販買東西的時候，就被一個中國的阿姨插了隊。我好心和她說，沒想到卻被她罵了一頓，說攤販的動線不清楚，也不能都怪在她頭上。

我並不是要說，我因此就覺得中國遊客果然就是沒教養、沒禮貌。我曾經碰過臺灣人也會這樣。有一次搭捷運，列車上擠滿了人，我站在博愛座前面，而博愛座上正有兩位看不太出來老態或是病狀的阿伯正在聊天。後來，一位老太太上車，一踏進車門就靠在門板旁，看起來行動十分不方便的樣子。所以我就提醒了那兩位阿伯，請他們稍稍讓座。老太太聽到了，很客氣地說不用了，沒想到其中一位阿伯也跟著生氣地說我好沒禮貌，愛管閒事。

昨天的事情，馬上讓我想到之前的這件事情。這兩件事情馬上就讓我體會到，重點並不是國籍，國籍也不能代表文明化程度，有時候文明化程度也只是代表人們比較懂得控制自己，但不代表人本身就比較善良。

我想說的是，人常常沒有辦法面對自己犯的過錯。但有時又可以。那麼人到底在什麼時候，才會變得不能面對自己犯的過錯呢？這個問題我想了很久，非常久。一開始，我覺得也許是非常非常羞愧的時候，真心覺得，因為自己做了錯事，而對不起別人的時候。可是如果答案真的是這樣，那不是很奇怪嗎？明明對不起別人，明明自己也知道對不起別人，卻不是道歉或補救，而是完完全全用相反的態度，相反的做法，讓事情一發不可收拾。

想到這裡，就覺得上帝造人真是個可笑的說法。如果人真的是上帝造的，那這肯定就是裝錯了的機關，而且在每個人身上都裝錯了。

覺得可笑，不是在嘲笑，是在說我自己。那天晚上，我也是那麼樣地可笑啊。

在敲晨輝的門之前，我確實都保持著理智，都還想要跟她好好說話，講道理。但敲了那麼多下沒有回應，我只好持續不停地敲，大叫，像個瘋子一樣在走廊吵鬧，然後，就突然，房門開了。有點像是飽漲的氣球被針刺出一個小孔那樣，空氣不會是慢慢地、乖乖地，排好隊一般地從小孔緩緩漏出。氣球是會直接爆炸的。

情緒也是。就是她開門的那一瞬間，本來我以為開門就好了，我們可以好好談，好好講，可以把事情解決——但情緒就是那樣爆炸了。淹沒理智。

對，在我的記憶裡，確實是她先動手的，我也可以告訴自己後來的拉扯、暴力，都只是自衛的反擊。但是旅程走了一段路，事到如今，我也覺得沒有必要用這種說法來欺騙自己。那個時候的心情，就算她沒動手，我也會動手的。對，我確實很想動手。

看見她，在她動手之前，我想都沒想，也準備好了要動手。只是她的動作比較快，我的反應比較慢而已。不，前面這樣的講法很怪。如果那個當下，我有辦法「想」，就不會動手，不可能動手。

接下來的事情，我已經不想再重新敘述一次了。

或許我真正覺得羞愧的點，就是這個。動了手這件事。在這之前，沒有任何一件事情真的讓我覺得羞愧。雖然有很多不順的事情，不好受的事情，但那都不是羞愧。遇到不好受的事情，誰都會不開心，我也是。但我的個性比較內向，比較容易忍下來。也許會一次兩次提出微弱的反駁，雖然通常都沒有效。但我依舊能忍。

比如辦手續的時候，看到生輔組劉組長露出那樣的表情，我知道一定是她搞錯了，但我也不會因為這樣就當下立刻拆穿她。（但我也想過，是不是當下立刻拆穿她，其實比較好呢？只是無論如何，那不是我會做的事情。）

或者比如說，我打電話回家的時候，我爸是怎樣對我說的。他說，他會被我氣死，一定都是因為我沒有跟學校確認。我明明確認過、確認清楚了，但他不相信，還翻起舊帳，把我從小到大的粗心細數過一遍，學校檢查時沒有帶手帕衛生紙，考試劃卡劃錯格，忘記替家裡盆栽澆水，說我的個性就是這樣漫不經心，只會讓人操心。我好聲好氣地和他說這件事情的原因，是學校的行政疏忽，是陸生不想陪我解決問題，卻又被說成是頂嘴、不孝、賠錢貨……

書店主人啊，應該很多書都會告訴別人說，人和人之間碰到問題，要有耐心、好好溝通，才能解決。但是如果對方根本就不想要跟你溝通的話，你能怎麼辦呢？如果你無論說什麼，對方都無法理解的話，你能怎麼辦呢？從小，我對家人就是這樣無能為力，小時候我以為只是因為我年紀小，只要等到長大就好；可是真的長大了，才發現我好像被關在一個比較舒適的牢籠、一個稍微寬闊的魚缸。原本，還以為上臺北來讀書，是終於得到一個喘息的空間，但我終究得不到我所想像的自由。

也許這就是我想踏上旅程的衝動會這麼強烈的原因。

＊

接在這封信之後寄來的，是幾張無關緊要的明信片。大多都是問候，或是簡單地訴說心情，時而開心，時而憂鬱，不過沒有特別透露她又到了什麼地方。整體看起來，她的旅程似乎還不賴，我也替她感到高興。

之後，有三張前後寄來的明信片，字都比較多，也又提到了「那天」的事情。其中一張明信片背後的照片令我印象深刻。那是風車發電機。巨大的白色的風車矗立在岸邊，向著廣袤的海，照片是靜止的，卻覺得風車一直在轉動。多麼神奇，明明是人造物，是不可能出現在那個地方的景觀，卻又彷彿融合在其中，顯得自然。

轉動的風車啊。

底下是這三張明信片的內容。

*

還記得那天離開生輔組之後，我還有回去敲過晨輝的門兩次，第一次她還願意理我，第二次她就閉門不見。之後我在學校附近繞來繞去，就曾經經過你的店門口兩次，書店主人，但那個時候，我沒有選擇踏入。如果那個時候我就踏進你的店裡而不是更之後，會不會第三次我去敲她的門，就不會發生那件事情了呢？這幾天的旅程，我的思緒一直在這三次敲門之間打轉。第一次敲門的時候，我們有了一些對話，現在人在異地，覺得更有感觸。如果當時就已經有現在這樣的經驗就好了——我一直有這種想法。這是不是後悔呢？總覺得當時可以做得更好，可以避免掉更多枝節。還是這才是成長？因為已經成長了，所以才會覺得當時很幼稚？但無論如何，現在我只覺得，踏上這個旅程，是一個對的決定。是一個，自己很久沒有做過的，對的決定。祝福一切都好。

……

書店主人，那個時候我和晨輝說，她能不能和我再去找一次組長，畢竟抽中同一間房，是學校疏失，不應該是我們承擔。你覺得我這樣說，有道理嗎？其實我並不覺得自己這樣說有錯。但是晨輝那個時候回答我的話，我到現在都還記得。「這是你跟學校的問題，那到底跟我有什麼關係」。那個時候我真的非常震驚，對，震驚。只有這個字可以形容我的感受。當下我搞不懂為什麼會有這種感受，事後我不斷反芻，才理解到，那是因為她說的，好像也並沒有錯；因為沒有錯，所以我怎麼反駁，都好像是沒有道理的。至少我沒辦法完完全全站住腳。應該說，這不是「對」或「錯」的問題，而是「選擇」的問題。這個情況下，我希望她選擇與我共同承擔，但她選擇了保持與我無關。同情心是對的，可是要求別人要有同情心呢？一旦成為強迫，好像就變質了。可是我多想強迫她。也許正是這件事，加深了我的情緒吧。唉。事後來看，才更清晰。安好。

……

寫完上次的明信片，我才想起另外一段和晨輝的對話，只是我忘記是在哪裡、在第幾次敲門的時候發生的了。晨輝她說，因為臺灣不是她的家鄉，如果換做是我在中國發生這種事情，她一定會義無反顧把房間讓給我，但異鄉人沒辦法承擔他人家鄉的問題。她還質問我：「妳是臺灣人嗎？妳說妳是嗎？」她問問題時候的語氣好強烈，讓我難以回答。而且這個問題，好像比字面上的疑問更深。我確實覺得自己是臺灣人呀，可是被這樣逼著說，不知道為什麼，就又覺得不想要承認，好像承認這個身份之後，我就失去了一些什麼。後來想想，如果善意去解讀她所說的話，意思應該是指說，因為臺灣是我的家鄉，而人在家鄉，就應該更容易找到解決問題的辦法。只是，就算是這樣，她還是誤解了。因為臺北並不是我的家鄉呀。而且就算是我的家鄉，有些問題還是不能解決。「家鄉」並不能代表什麼；「家鄉」只對自己有意義吧。離開家鄉，不，不管我們在不在家鄉，我們都只是一個個單獨的個體、單獨的人而已啊。祝福問題都能迎刃而解。

*

是啊，家鄉到底代表什麼呢？如果放更大一點，「中國人」或「臺灣人」，也不一定都具有實在的意義。啊，對，我想到的就是那本經典，《想像的共同體》。我們總是覺得自己隸屬於哪個更巨大的共同群體，或者更應該說是，我們就是具有，這種需要歸屬於更大群體的欲求吧。好安放我們的不安全感，好堅定我們未知的方向，好平撫我們躁動的心靈；然而，想像的力量，卻可能凌駕我們眼前活生生的現實——抱歉，又說得多了。

看完她的這些信件，整件事情就變得更加清晰了。我甚至可以想像晨輝的語氣、神情、外貌，和這位女生——我往前翻了翻信件——對，詹凱涵，她們兩人之間的互動。這本來只是一個很小很小問題，最後居然「釀出人命」——雖然應該說，想像的「釀出人命」——乍看之下，有些荒謬，有些誇張，但現實中不是許多事情都是這樣子的嗎？不是很多人與人之間的相處、摩擦、衝突，都是由此而起的嗎？

一件小事，釀成巨大結果。有名的蝴蝶效應。不，但我從凱涵信裡那些自白讀來，又覺得更像是破窗效應：人們因為不知道怎麼解決問題，只好放任那些問題持續存在，用一種逃避的態度看待，選擇自保，這才造成問題膨脹到無以復加，不可收拾。冷漠是最省力的方式，卻也是醞釀醜惡的溫床。

那麼，各位，你們會不會好奇，故事到底是怎麼結束的呢？

在寄來這些信件之後，凱涵結束了她的旅程，之後，她曾經來到店裡一次。她整個人變得不同，變得更加……該說是煥然一新嗎？或是歷經滄桑？總之，是給人一種更為堅強、堅定，卻也更加孤獨的感覺。不是寂寞，而是孤獨。無比確切。

她開心地和我打招呼，買了兩本書，一本是《轉山》，一本是《流浪者之歌》。都不是多麼冷僻的書，但她說之前沒有看過。她還說，這次她想要到更遠的地方。我說，哪個國家呢。她沒說話，指了指懷裡的書。我微笑，知道她的意思。然後她把一封信給我，說是本來要用寄的，但旅程剛好就結束，不如親自拿來。她說，謝謝你參與了我的旅程。

她應該真的到了很遠的地方了。因為那是我最後一次看見她。

而這是她的最後一封信。

＊

你好，親愛的書店主人。我的旅程即將抵達終點。對，我要回來了，回來這個不是我的家鄉的地方。沒有什麼太特別的理由啊，只是因為要開學了。我終究還是沒有立刻拋棄一切、到自己想去的地方去的那種勇氣呢。但是愈接近終點，卻又覺得愈能自己作主。也許，我很快又會到遙遠的地方去，也說不一定呢。

一路上有很多意外，其實，光是把心底的故事和你說，就是一個完全沒料到的意外了。本來我不打算說的。我打算把這件事當成秘密，深藏在心底，只是一這樣想，就又感覺到羞愧，感覺到自己好像真的做了什麼完全沒有辦法挽回的錯。有一個聲音告訴我不能這樣，所以出於衝動，我就寫下了那些事情。

其實，前幾天，還有另外一個意外。在我住的青年旅館，有幾台公用電腦。這趟旅程，我幾乎全程都把手機關機，大概每兩三天的晚上，我才會打開來看一下有沒有未接的來電、重要的簡訊，畢竟如果讓人擔心到報警（雖然我想不出誰會這麼擔心我），可能會更麻煩吧。本來想要獨自一人、清靜一點，卻鬧到引起大家關注，變成那樣子的話會很諷刺吧。我是要說，整趟旅程，我確實很久沒有上網，沒有看社群網站或是論壇之類的地方，但就是因為那間青年旅館有公用電腦，於是我就上網，往前看了那段時間左右的討論文章。沒想到，真的看到了我和晨輝的這件事情。

那不是新聞，而是論壇上另一位陸生貼的文章。文章作者聽說，有一位陸生，患有癲癇，又好像忘了備藥，結果某天晚上，宿舍被關空門，嚇得這位陸生癲癇發作，險些送命，最後送醫治療，才無大礙。但陸生的家人擔心臺灣治安，所以就讓這位陸生盡早回國。本來，我沒有意識到這和我有關，是在底下的回覆，有人說出了學校、房號，我才發現那其實就是晨輝。我很好奇，為什麼晨輝要說是被關空門，卻沒有說出真正的理由。是因為事情太複雜、太難解釋嗎？還是，是因為她也覺得羞愧，所以不敢面對呢？我不知道後面這種情況的可能性到底有多大，但我腦海裡的確閃過這樣的想法。

不過，讓我很感慨的，是底下其他網友的回覆。有看似陸生的人，有看似臺灣的學生。他們吵來吵去的。有人說，「原來這就是寶地。別去了，他們還不是得靠咱們的觀光錢」，也有人說，「專剋426，通通不要來謝謝」有人說，「安全控管能力差，落後地區還如此囂張，真心不能去」，也有人說，「中國大媽塊陶喔」。有人說，「灣灣就是素質差」，還有人說，「滾」。

為什麼人總是能夠這麼輕易地對自己其實並不懂的事情指指點點呢？好像指指點點就顯得自己高高在上。人為什麼會需要這種高高在上的感覺呢，如果不是因為，我們經常覺得自己太卑微的話。

我想回些什麼，最後又放棄。人跟人之間，是否永遠都不可能彼此瞭解呢？親愛的書店主人，我寫給你的信，你又能理解多少呢？

但是，不能完全理解，也沒有關係。我現在只覺得，如果這些信，能讓我們之間的隔閡減少一些些，那好像就很足夠了。只要減少一些些，就好。

祝福。

引渡人　二

我持續翻找，翻找出客人們——是不是稱呼「讀者」更為準確呢——留下的幾封信，幾張字條和明信片，兩本有許多空白頁面的筆記本，只寫了斷句殘語。啊，我找到了某位詩人來逛書店時，專程寫下，送給這間店、送給我，的詩。詩題是〈感覺做一個孤獨的人〉。

真是令人懷念，已經是許久之前了。那時候，詩人用特殊的筆，把句子寫在店後那片落地玻璃窗上。我第一次望向這首詩的剎那，窗後的光線鑲在字跡的邊緣，透出立體的影子，而它的句子，就彷彿在光線的催促之下，從玻璃直直地射向我，清晰地烙在我的心上，不時會忽然浮現。後來，我才將這首詩抄下。

我看著紙上的筆跡，不自覺地讀出聲來——「必定是星星／把你從遠方引渡至此／盛滿安靜的房間」——我在耳邊聽見了夜晚的寂靜，聽見了沒有聲音的聲音。我繼續讀下去——「你踏進來，我便聽見／鞋底踩著心臟／疲倦行走的聲音」——我頓了頓，「但我保持龐大的沉默／讓你負傷地流浪／我只能奉獻上／神聖的孤獨／

意圖耽誤你每一個細胞／迎合世界的步伐」……

「願你可以／慢慢地讀出這裡的單字／感覺呼吸」，我讀著，彷彿被詩人所附身一般，她的字句，驅動著我的嘴、我的唇、我的舌、我的喉。朗誦的聲音是我的，卻像是她正在對我說的一樣。我讀下去——「感覺做一個孤獨的人／並不羞恥／並不懦弱」。

——感覺做一個孤獨的人，並不羞恥，也並不懦弱。我在心底複誦著。的確，真的是這樣。雖然並不是所有人都能理解。我的手持續翻找著，翻過一個又一個生命故事。真神奇，不是嗎？這裡不過是一間店。店面，商業發生的場所，理論上，人們在這個建築物的空間裡的所有活動，應該都和交易有關，再親切、再貼心、再美好，也不過是為了誘使顧客願意鬆手掏錢，增加購買產品的誘因。是啊，如此赤裸、冷漠，但這才是商業掛帥的現實核心；這城市有哪裡不是這樣呢？可是，可是為什麼在這樣的場所裡，卻會有人，願意留下這麼多自己的故事，願意安心地挖掘出自我的內在，曝露秘密，把一切留在這裡，就在這裡，這個陌生的所在，而且不索求任何具體的回報。

書店，販賣著書，販售著故事，同時也可能是故事發生的地方。對，故事或許不是從頭到尾都縮限在這裡，但是卻交匯於此，留下存在的軌跡。書店可能是一個立體的陳列故事的清單，也可能就出現在故事之中，是某個關鍵或不關鍵的場景，是故事的起點或終點。像是我這間書店——

「只發生過一次的事情，等於從沒發生過」。我腦海裡出現這句一下子想不起來是哪本書或是哪幾本書裡出現過的句子。其實，我從來不懂這句話的意思，但卻突然產生一種想法：會不會，這句看起來像是分析的結論、像是事物的核心、像是真理的箴言，可能只是一種偽裝；它會不會，不過是一句陳述、一種形容、一個假設？我的意思是，無論這句話是不是對的，但在很多人的心中，確確實實會出現這種感覺，覺得自己碰到的、遭遇的那些，雖然難受，雖然有苦痛、折磨、辛酸，但是如果不試著重新把這些經驗賦予一個具體的形狀，讓它再次上演，那麼這些經驗就將消散，等於從沒發生過，更重要的是，那些為了熬過困境所付出的耐心、努力，也就等於徒勞，等於白費。所以，才會有衝動，想要將這些事情給記錄下來，寫成文章，寫成書——會不會其實真相只是這樣呢？

所以，那些把內心、把故事都留在這裡、留給我的人們，他們並非不求回報；「留下來」這件事情本身，就是回報。是這樣嗎？

我持續閱讀著那些讀者留下的話語，故事，各種傾訴，同時想像著他們在書店裡的模樣，窩在書架與書架之間，或是在那邊的桌子上坐了一整天，塗塗改改，或是在某個角落持續寫著，然後悄悄投遞過來。我閱讀，有時候我覺得閱讀真是世界上效益最大的事情了。你看，寫東西是這麼地難、這麼地慢，也許好幾年的人生只能被濃縮成不到一萬字的份量，也許耗費幾十年才能提煉出來的智慧結晶，不過是一本薄薄的書。閱讀這些東西多麼簡單，眼球一動、手一翻就過去了，誰會意識到就在那字裡行間，我們輕易獲取了多少歲月？書本承載文字，文字壓縮時間。書寫多麼孤獨，閱讀多麼孤獨，可是唯有處在這種孤獨裡，才能替生命賦形，才能感受到時間的具體。

人們總說，看電視更輕鬆啊。看電影更輕鬆啊。人類發明科技，把現實原原本本地保存下來，可是這些科技再怎麼進步，壓縮度都沒有文字高。《紅樓夢》可以真真實實地壓縮曹雪芹的一生，哪部電影能夠真真實實地完全壓縮一個人的一生，而不找其他演員來冒充頂替一個人的兒時、青年、壯年、中年、老年？我們以為科技本存的是原本的真實，其實終究得要靠其他方式來補足、配合、支援、拼湊。只有書籍，只有文字，可以用單一的、一以貫之的方式做到這件事情。

不覺得，這很偉大嗎？

巷子傳來聲響。

然後是貓叫。

喵。牠又叫了一聲，喵。夜大概已經深到底，再下來，就要準備亮了。

實在是，好適合再讀一個帶有戀愛氣息的故事的時段。

我小心翼翼地將所有的信件、字條、筆記收好，關上其餘的燈，只留下最後一盞，足以閱讀的朦朧的微光。我從櫃臺底下的抽屜裡，拿出一疊稿紙。

那是我自己寫下的小說。

在寫小說之前，我並沒有以小說家為職志，在寫完這篇作品之後，就更沒有了，呵。但是那時，仍然想寫，心裡有一股擋不住的衝動，要把我自己的故事記下來；雖然小說總是虛虛實實，也許未必是真——但畢竟也未必是假。凡寫下來的，都有那麼點些許真實。

我回想起許多事。

關於為什麼會有這間書店。關於閱讀。

關於我，如何被另一個孤獨的心靈所引渡，然後如今引渡他人。

2923

你想過一個怎樣的人生呢？

這並不是一個容易的問題，至少對我來說。當然不排除一些意志堅定的人，你們很幸運，恭喜；然而，我從很小的時候，也許是從大人們第一次不經意地問你長大後要做什麼的時候，也許是從學校作文課上老師公布題目是《我的志願》的時候，也許是聽見同班同學聊天時開心地說著「我想要……」的時候，總之是還在那樣一個處於懵懂的狀態裡，這個問題就悄悄地萌了芽。它最初當然不是長這個樣子，比較多是「我想幹麼？」「我長大要當什麼？」「我要做什麼工作？」之類，一步一步演變，愈來愈多細節、愈來愈具體，最終成為這個根本且核心的問題樣貌——你想過一個怎樣的人生。

這個問題真的困擾了我很久，到現在依舊沒有答案，可是，直到最近，我才發現幾個驚人的事實。第一個是，也許很多人都想過這個問題，但是更多的人接下來的反應，是轉過頭去，沒有繼續面對這個對彷彿是無解的問題。其實我能體會。面對無解的問題一直一直地想下去，有機會變成一種堅持，但偏移一點，思緒也可能變繭把自己困在裡面，有些人應該是警覺到自己沒有那種勇氣和能力，最後很可能出不來，所以才在一開始，就選擇逃避吧。

更讓我訝異的，是另一個事實。有天我忽然才注意到這個問題的重點，除了是在「怎樣的人生」的「怎樣」上，還在「一個」上。對啊，我們所擁有的人生，只有「一個」。多麼簡單卻又不會時時被注意到的事情，像是套套邏輯，也像是魯迅說：「在我的後園，可以見到牆外有兩株樹，一株是棗樹，還有一株也是棗樹」。雖然，我說著「我們」，帶有呼告語氣，好像我和你和他和她，彼此都是互相連結在一起的，但實際上呢，卻是分開得清清楚楚，然後各自的靈魂就各自被隔閡在自己的身體裡，像是囚禁著，必須經歷許多只有自己清楚，卻難以告訴別人的事情。會不會，我們——啊，我又不自覺地說了「我們」，也許讀到這裡的你根本沒有共鳴啊！——我們之所以容易忽略這件事情，是因為「一個」人生是一件很殘酷的事情，畢竟，「一個」，就意味著限制，意味著有些事情、有些經驗，你就算再想要也不可能擁有，意味著當你做出某些選擇，勢必得要放棄某些選擇，最後，我們只能在眾多選擇裡面選擇一個，只有一個——而且，還不保證坐了選擇，就能達成心願。真是令人悲傷的真相，不是嗎？小時候可能還有好多選擇，想像是沒有侷限的，現實也比較寬容，就算走了不那麼恰當的岔路也還可以補救，還有被原諒的資格；可是隨著一再畢業、出社會、年紀漸長，到最後終究會變得沒有什麼選擇，一條路就這樣筆直地延伸向盡頭，而走在路上，還存在那麼多可預料的、必定會發生的，例如衰弱、蒼老、病痛、失敗，你只有接受的份——除非你選擇停下來不走了。

「怎樣」曾經令我煩惱，「一個」如今令我恐懼。不過，即使我意識到這個悲傷的真相，我卻也同時意識到它的解答，那就是愛情。愛情，是人的一生裡，最接近讓自己的這「一個」生命不只是「一個」的事情了。或許有人會反駁說，「家人」也是如此；我承認。大多數幸福的家庭——對，只有幸福的家庭，僅限於托爾斯泰所說的那些相似的家庭——裡頭的成員的靈魂確實有著這種超脫個體的血緣羈絆。但那又是多麼偶然隨機的事，如果不是出生在那樣的家庭、不是每個血親都那樣幸福又善良，那麼這種先天羈絆就無以為繼。唯有愛情，靠個人主動的意志、付出、努力，是有可能在後天達成。這就是愛情之所以會被歌頌，被嚮往。因為在愛情裡面，一個靈魂可以可以逃脫肉體的侷限和束縛，觸及另一個靈魂。不過，除了愛情之外，還有另外一個解答，門檻更低，更簡單容易；那就是閱讀。就是閱讀，像你，現在這樣輕易地挪動眼球，讀著這些文字，其實你就進入了我的思緒——或者說，我的思緒，就這樣進入了你的腦中。我們像是兩種液體，混在一起，浸於彼此，可以淺薄，也可以深入。老實說，我覺得比愛情要來得健康多了呵。

我之所以有這樣的體悟，是因為我常常感覺寂寞，然而，在閱讀中，或是在愛情中，當我孤獨，我就不再寂寞。對，也許這對許多人來說相當矛盾，但如果你也和我有同樣體驗，你會懂。該怎麼說呢，寂寞，也許就是那種，想要掙脫「一個」的欲望，而孤獨，也許就是安於「一個」的狀態吧。

說到這裡，我想起了一個小故事。

在這個故事的開頭，我們的主角，正待在監獄裡。

如果我們有一點好奇，而且能夠偷偷潛進監獄、潛到他的身邊，悄悄問一句：怎麼回事？你怎麼在這裡？他也許會把頭撇過去，教你不要問。如果我們鍥而不捨，在他不耐煩之前讓他卸下一點心房，他也許會這麼說：「不要問我為什麼進了監獄，因為，有時候，我們就是會待在當時應該待的位置上。有些人順著軌道成了庸庸碌碌的上班族，有些人得天獨厚可以當個整天玩樂的敗家子，有些人拿出勇氣獨自造路，努力朝著自己的目標前進，也有些人活得身不由己，總是做許多身不由已的事情，或總是遇到逼著他們燃起跨越道德界線衝動的考驗；像這些人，就可能會一不小心得要待在監獄裡。那就是命。」然而現在，他只是保持沈默，坐在會客室裡，嘴巴閉得緊緊的，緊到兩片嘴唇之間的縫隙幾乎都要消失在臉面上。這裡面很大的成分是緊張，因為他正等待著接下來會走進來的女生。

他並不知道這位女生是誰，事實上，這也完全不像是他會做的事情：找會客妹來代客探監。因此我們有必要特地來交代一下緣由。從外表和外顯的形象來看，這位二十多歲、介於大學剛畢業與出社會工作一兩年之間的男主角（暫時他還沒有名稱；暫時的），無疑是一個內向至極的人，甚至是有些壓抑了，壓抑到他人也無法輕易察覺他的壓抑。他不能好好表達自己的想法，臉上也幾乎不會顯露出情緒，若是平時，只要一靠近大批的例如跨年的人群，存在感大概立刻就會消失般地那樣稀薄。所以當他走進監獄裡，這樣一個平凡至極又沒有任何一處閃著光的普通人，站在其他頭髮短悍、瞳底藏著猛光、龍鳳刺青延伸至雙臂或頸部的漢子旁邊，不難想像那是怎麼樣奇異的一幅光景。雖然未必所有像我們一樣的旁觀眼光都會感到奇異，例如站在左邊那位上了年紀的矯正人員見識很多，早已司空見慣（他看著但並沒有真的在看，心裡百無聊賴，右手還把玩著鑰匙鏈呢）；但是看在這同一批監獄受刑人的眼裡，卻覺得稀奇。尤其是那位即將出獄的「大哥」，不曉得為什麼，竟就在這一幕景象裡，對我們的男主角產生了關注的興趣。

監獄當然不是交朋友的地方，可一旦熟悉、有了點經驗，最低限度的交流或打探情報還是做得到的。人到底是需要交流的動物，交流才是群居的意義，要是連這種程度的交流都禁止，就太沒有人性。奇怪的是，我們的男主角居然就有辦法這麼地不露出人性。無論怎麼打探都沒辦法探得一點前因後果，激起了「大哥」更大的好奇，這樣一個內向文弱又不經風的（看起來）讀書人，怎麼會犯下重傷害罪？這超出了他的想像、他的世界。通常這種悶不吭聲的個性，會激起「大哥」的怒意，但幾次在工廠勞動、有機會接觸的片刻，卻又讓不會使他有這種情緒產生。就在大哥自己也搞不懂的莫名其妙的情況下，也漸漸將他當成「兄弟」。會這麼「悶」，一定是遠離女人太久，找個女的來給他「鬆」一下，就可以解決——在「大哥」的理解裡，只找得出這種解答。於是，出於好意，他動用了獄裡獄外的關係（對他來說只是小事，但他也不曾如此施以他人

「恩惠」），替我們的男主角叫來一位小姐。

這其實稍稍令我們男主角困擾。他（就和他看上去一樣）是不會接受這種事情的人；但同時，面對「大哥」這樣一個當前處境裡巨大的力量，還有他話語裡那種熱情以及出發點的善意，雖然微薄，卻也令他難以拒絕，更不用說是反抗了。他這輩子最不擅長的幾件事裡，「接受他人的善意」可以列在候選名單的前段。他曾看過《慾望街車》這部老電影，對於電影裡白蘭琪那句名言，「我一直都依靠陌生人的好心而活」，有著複雜且深刻的感受，一方面排斥，卻一方面嚮往；那可是離他人生相當相當遠、遠在對蹠點上的事情呀。可是話又說回來，這困擾的程度也只是「稍稍」而已，畢竟他早已如此熟悉把真正的自我鎖在深處，與他人保持距離，這種絕佳的保護，能帶他度過任何會令他感到困擾尷尬的窘境。

然後現在，門打開了。一位看起來才接近十八歲的女孩子走了進來。

她是我們的女主角，小薰，更準確地說，她即將成為這個故事的女主角。在此之前，她才經歷過另一段她自己的故事，只是，不知道在那段故事裡，該說她是主角，還是其他配角。從頭到尾說起來可以轟轟烈烈，但鏡頭拉遠點則會顯得有些幼稚，簡而言之是談了一場八點檔肥皂劇的校園戀情，裡面人物都有點天真純情卻又和流氓幫派扯上了關係，真要細說還也可以講上好一段時間，不過總之，最後的結果，她選擇分手但不斷開關係，和前男友（朋友熟一點的叫他阿志，女性或敬他一點的，習慣稱志哥）住在一起，也看著前男友交了新的女友安安，現在三人和平同居，共處一室。可麻煩就麻煩在，阿志靠打零工過活，卻什麼零工都做不久，最後被身旁友人慫恿，當了「經紀人」——好聽點是這麼說，直接點，俗稱馬伕。至於前後兩女友也沒什麼掙扎地配合，成為他底下的傳播妹。大概是成長環境和經歷使然，她倆心裡沒什麼比活命更高的衿持，有錢賺能過活最重要，才會沒糾結就輕易走上這條路。不過也幸運，陪陪酒、唱唱歌，客人偶爾摟摟抱抱，摸個幾把，也就那樣吧，倒也還沒遇過太逾越尺度的要求。可能是這位特殊的「經紀人」

多少也有過濾客戶的緣故。

這樣不尋常的「三角關係」，竟維持得異常地好。絕大部分的原因，是我們這個故事裡的女主角，小薰，個性不突出，心裡沒有什麼非如此不可的想法，經歷過的那場戀愛，也有點被動，半推半就的感覺，要不是旁人的牽引拉扯，掀起波瀾，她恐怕也不會捲進裡頭。可捲進去了，走過一回，到現在，也不知道能不能稱之為「愛情」——這裡是指狹義的那種。總覺得是還少了一點什麼，那裡頭的互動，像是彈珠在平面上打轉，驅動的就是背後一股明確的力，像是心中稍縱即逝的喜歡，像是青春期猛獸般的本能；可即使其中幾顆彈珠滾動得激烈了點，仍舊是在那個平面上，沒有更高，沒有更深。

而此刻，我們的男主角和小薰，兩人相遇了。

她走進監獄的會客室，坐下，隔著玻璃望向對面那位靜靜地低著頭的男生。她擺出笑臉看著他，用下巴輕輕比了比桌上的電話，接著伸手拿起話筒，靠在耳邊。他的餘光其實看見她的動作了，但他只是緩緩伸手，緩緩拿起話筒，眼光一直望向桌緣，和她的視線錯開。他的閃躲倒引起她的一些興趣。前幾次代客探監，雖然隔著玻璃，沒有肢體接觸，可對方一臉猛力壓制色慾、彷彿使盡全身力氣壓住一隻老虎或獅子那樣的表情，都讓小薰覺得和先前當傳播沒差多少。她曾有次忍不住想，慾望總像飛鏢，而她們賺的錢，不過是以身當靶的補償。但這次不一樣了，那種毫無慾望與欲望卻又不至絕望的臉，平靜得如無風吹拂的水面。水底下有什麼呢？她想。

「哈囉，我叫小薰。」過去她是不會這樣第一時間就吐露名字的，在那樣的世界裡誰會在乎你的名字呢？無非只有那些特別想要掌控你的人。但她第一時間說了名字，目的是為了誘出他的名字。

「你呢？」

他持續木然沈默，眼神沒有移動一毫釐，可在心底，緊張是有的，毋寧說，正是因為這份緊張，讓他下意識地保持著木然。

「心情不好嗎？哈囉，有人在家嗎？」小薰笑著揮手。她並未察覺他高明掩藏起來的緊張，卻也並未在木然裡感受到抗拒。她於是心裡冒出一股勇氣，迅速確認四周沒有人注意這裡，管理員的視線亦不停留於一處，然後她就將衣領往下拉，露出被黑色胸罩所托起的胸脯。也許你不免疑惑，但是請理解，那對她來說已是一種慣性的反應，更是她憑自身貧瘠的經驗所能想出的、引起他注意的唯一辦法。這當然不會奏效，並且有反效果。他，我們的男主角，僅僅是瞄了一眼——出於動物本能，察覺周遭有動靜的直覺反應——旋即又把頭撇到另外一邊去。

小薰慌了，「嘿，理我一下嘛。」她說，衣服輕輕地彈回原位。如果她有注意到那個瞬間他更用力地將聽筒按在耳朵上，也許就有機會察覺他的內心。「都不說話。你不開心嗎？」語氣裡帶著點委屈。這樣一問，他才搖了搖頭。

「沒有不開心？」

「沒有。」他終於對著話筒這樣說。

「那你告訴我你叫什麼名字。」小薰又恢復笑容，熱切地問。

可是他聽到這樣開心的聲音，又沈默了下來。

「不說喔？」她說，「不說，那我只好叫你２９２３囉？」

「嗯。」他說，「好啊。就叫我２９２３吧。」

那是他的受刑編號。

看起來像是無所謂或甚至有些賭氣的答覆，可是小薰的玩笑其實在他的心裡萌生了另一種奇妙的想法。在那之前，他從沒有把２９２３這個沒有意義的編號當成自己過，甚至在進監獄以前，他就已經很明瞭這一套剝除個人特質的規訓手段了。當兵的時候他已體驗過類似的情況。現在，他也隨遇而安，心裡沒有什麼糾結，輕易就讓監獄把「他」的種種給剝除。反正，本來就是不特別具有存在感的人啊，而且，他不時這樣想：所謂自我，本質上是過往的積累，那些自願的、非自願的、能掌控的、不能掌控的，還有喜歡的、不喜歡的，都是構成自我的一部份。每每想到那些正面的，會令他愉悅，可是一想到那些負面的，又覺得自己像一張印壞的海報、一部拍差的電影，那樣地令人心煩自卑。可是到了監獄，用空洞的編號，逼使受刑人強制脫去那些，於他，反倒像是替他放下了包袱，刷洗了記錄，一開始，竟還有些輕鬆。監獄裡的一切也確實單純得讓他舒適：規律的作息，絕對的服從，機械般的工作，不需要太多思考地活著，真的令他有走在軌道上的感覺——至少對比起進監獄之前的那段日子。

只是，隨著時日久了，他才又忽然體會到，如果人生是無法積累的，那麼心頭縈繞著的那股虛耗而徒勞的感覺，就怎麼也驅趕不走。可就在她的玩笑裡，他忽然才想到，為什麼不能就把自己安放在２９２３這個名字裡呢，過去，他也只不過是把自己安放在那個出生以來就被賦予的名字裡面而已啊。

小薰並不知道他心裡的這些。她只是看著眼前這個人，覺得他勾起了她的好奇、勾起她探索的欲望。可是是探索什麼呢？並不是探索他，而更像是，透過眼前這面鏡子（縱然映出的完全不是她），折射了探索的欲望，投向自己內心未知的地方。人們往往都需要某些機緣，才會知道自己的內心裡都有一座潛藏在海面下的冰山，那麼幽暗，那麼深沈，那麼巨大。這個不在預期內的機緣，使她一下子愣怔於自己內在未知的漆黑，還沒辦法搞清楚自己處在怎樣的情況，只能一味看向眼前這個反應冷淡卻帶給她劇烈感受的男人。

時間彷彿暫停一樣靜止，卻又彷彿快轉般，快到讓什麼事情都還來不及發生一樣，當下被凝結成落地般的水銀，向四方滑動而去，他們倆就這樣靜靜地對望著彼此，直到會客時間結束。

若是通俗的故事，這大概會是一見鍾情的瞬間吧。但在我們的故事裡，2923和小薰，卻很難用這樣的形式理解，因為在這「一見」之中，他們雖然望著彼此，真實看見的，卻不是外表、五官、臉部的表情、身形、軀體；他們看見的都是各自內心的課題，是那個熟悉卻又未知的自己。

這是可能的嗎？僅僅在那短暫的與陌生人的見面裡？我無法向你保證，也很難向你解釋，因為語言有其特性；它可以表述所有事情，就連世界上並不存在的事情，例如魔法，例如獨角獸，它都能表述，但是，它卻不保證表述出來的事情能被精準地接收，能有同樣的理解。很多情況下，理解牽涉到實際且共通的經驗，例如獨角獸，要不是我們都看過類似的圖片，假設只從字面理解，誰能保證你我腦海裡那頭長了一支角的，都是匹雪白的駿馬，而非貓或狗或熊。語言文字的力量可以含括一切，但這一切並不是無限，而只侷限於它所能含括的。這神奇的悖論。回到我們的故事，他們兩人的情況也是這樣，如果讀著這個故事的你曾經有過那樣的經驗，我是說，在某個機緣裡照見了自己的內心，感覺身旁一切都停了下來，那麼也許你就會懂，就會相信這是可能的。

可惜我們的男女主角還沒有事過境遷的歷練，足以明白自己的處境。應該說，在兩人分開之後，他們才開始學習向內凝望這件事。向內凝望自己的真實感受與心聲，例如小薰，漸漸在她與阿志、安三人的關係中，發覺到其中的不平衡。她依舊沒有太強烈的主見或想法，只是益發察覺阿志對自己的態度，與她所以為的好像並不一樣。阿志確實保護著她，善待著她，不毆打、不謾罵，和朋友交際應酬時會幫忙擋酒，騎摩托車會記得給她披上外套。但那是愛嗎，卻也不是。她覺得，自己更像是阿志的所有物，被寵物一般豢養著。沒錯，阿志可能算得上是好主人了，但小薰某一天醒來忽然這樣問自己：想要這樣的一個人生？——她暫時沒有答案。又例如2923。經過那次會面，彷彿開啟了性格中的什麼。他開始強烈地想要閱讀，每天一有空閒，就到閱讀室裡待著，房間裡的收容人只有他，那隻身的背影有些孤單，但周圍卻散發一股積極的意志。他本就已經是有閱讀習慣的人了，過去在他人生寂寞得受不了的時候，也曾在一間書店裡找到安身之所；但是如今，他又更想要在書籍、在文字裡找到些可以共鳴的東西；那東西具體是什麼他自己也不清楚，就總是覺得，在書裡可以找到，這一本沒有，也許下一本；監獄的閱讀室裡沒有，也許在監獄外的書架上有。

然後有一天，他覺得，好像應該要再和小薰見一次面。

這次是他主動提出要求了。「大哥」聽到，初初還驚訝了一會，上次見完面後看他沒什麼太大改變，還以為不會有下一次，沒想到隔沒多久時間情況就不同了，他心想，女人果然是最好的解藥——當然這不是2923心中的答案。用旁觀者的角度，他的想法，可以說是想要再一次地獲得那種照見自己的感受吧。這未必要靠和小薰會面才能達成，只是現在的他還不懂，只覺得，若是再次見到她，就會再次有同樣的感受。

「我還以為，你不會再找我了。」見到面，聽筒裡傳來小薰的聲音，第一句說的就是這個。在2923聽來，這句話藏了別層意思：我想見你。

這使他訝異。（「都不講話，我很難聊耶。心情不好嗎？」小薰問。）他並沒有料想到小薰這樣的反應，在那之前他所想的只是自己。意識到這件事，帶來了莫大的羞恥，他心想，自己在此之前，居然只是把她當作一種滿足自己內心的工具嗎？（「喂？」小薰有氣無力地對著話筒說，「不要這樣嘛。開心也是過一天，不開心也是過一天，不然，我分一些我的開心給你怎麼樣？」）他想，自己居然沒有預設，她也是有血有肉，和自己一樣有情感的動物嗎？（小薰不放棄地對著話筒說：「我一直笑，臉很酸耶……」）

「妳的笑，」他開口，直直盯著小薰的笑臉，「是真的開心嗎？」

「廢話，當然是真開心呀。」小薰說。她差點就要犯職業病，接著說出「看到你當然開心」。她直覺這句話不該現在說，雖然不知道，是因為這句話聽起來會太假，還是因為這句話其實帶有真心。

「真的開心的人，是不會跟別人一直講他很開心的。」

「亂講，我超開心的。」說著，她又拉下了衣服，他也立刻轉過頭去。

「你好奇怪。」小薰說，「給你看也不要，找你講話你也不說。那你又找我來做什麼，錢多喔？」

「我……」2923說，「我沒什麼好聊的。不然，妳聊聊妳自己。」

「什麼叫聊聊自己呀，自己有什麼好聊的……啊，我想到了。我們來玩你問我答，快問快答。來。」小薰說。看2923躊躇著，小薰又再催了一次。「快點喔，不然就換我問你答。我問什麼你都要答噢。」「好、好……」

他沒有想到自己居然真的會和小薰開始這樣的遊戲。表面上看起來是他在發問，但實際卻應該是反過來，倒是他像一片被放在河流上的葉片，不需做什麼，河流就會推動著他；是小薰的回答推動著他的問題，從年齡到星座，從星座到血型，從血型到家人，從家人到家鄉。妳的家鄉不在這裡呀，他想，「那妳為什麼會來這裡，做這個呢？」

小薰正要開口，但才注意到時間，竟然會客時間已經要結束。「那個……要說很久，我下次有機會再告訴你好了。」她說，「那，你要再找我唷！」

2923照做了。在那之後，他們幾乎週週見面，也不是特別聊些什麼，就是簡單的招呼，問候。對他來說，開始體會到期待，期待那個見面的對象會出現；對她來說，多了一個人訴苦，把話說出來，讓心裡那些混沌的感受逐漸清晰了起來。

她對他說了自己過去結束的那段愛情故事，說了現在阿志與安安的事，說了自己從傳播妹到會客妹的過程——但這段過程花了一次會面就說完了，其他故事，至少都得花兩次以上——她問他，會不會覺得阿志比起把她當人，更像是把她當寵物？那個時候，他想到自己也曾經把她當成某種工具而遲疑，說話變得拐彎抹角，最後才勉強地勸小薰離開，離開吧。好像這樣講，他也在心底承認了自己的錯一樣。

「說起來簡單，做起來難，」她說，「我不習慣一個人呀，從小一個人的時候都會很害怕……我其實很怕孤獨。」

「那是寂寞，不是孤獨。」他說，「孤獨沒有不好。孤獨的時候，看世界比較清楚。」

「『孤獨的時候，看世界比較清楚？』哇，我們怎麼會講到那麼深。」她笑著說。「你真的很愛看書，才會講這種話。那你覺得，如果要找個可以安安穩穩、躲一整天的地方，你會去哪裡？」

「書店吧。」他毫不思索地說。「好玩的東西，都在書裡面。以前曾有間書店教會我這件事。」

「但書店有那麼多書，我要怎麼選，才知道選到最好的？」小薰開玩笑地問。

「妳不能選擇最好的。是最好的會選擇妳。」

「你看，又講這種話！」小薰說，「可是你這麼愛看書，怎麼會跑來監獄？」她這個問題問得輕巧，但其實早按捺在心底許久。先前也許是出於某種職業道德，既然「客人」不想透露，那就不該窮問猛追。可是到了這個時候，她忽然覺得，好像已經是時候。

他也不知道怎麼，低著頭自顧自就說了起來。「之前……我之前，和一個女生感情很好。我們說好一起出國念書，但她後來愛上了我的好朋友……我知道這件事情的時候，看到他們兩人在我眼前，我分不清楚，是愛還是恨，我，我……」他說。「我恢復意識的時候，他們兩個人，倒在地上，都是血……」小薰很是震驚，但更震驚的其實是2923自己。他震驚於，這段時間以來一直存放在他心底最深處最深處的話，竟然就這樣脫口，直到他講完最後一個字，才意會這些聲音，是從他的喉嚨傳出，而不是像過去那樣一再一再放在內裡默默複誦。「我不是……不，我是。我是這樣暴力的，糟糕的人……」他說。說出這件事，並不在他的料想之內。

「對不……」「對不起。」小薰小聲地說抱歉，卻被他堅硬的聲音蓋過。她不知道自己為什麼要道歉，但覺得，好像有什麼就此中止了。

「我……妳……不。差不多了。對不起。時間到了。妳先，妳……」他撇下話筒，頭也不回地走了。

讀到這裡的各位，從這裡開始，我們的訊號中斷，再也不能像神明一樣自由自在地窺探他們兩人的內心。這是最典型的一種創傷反應。人類感覺到自我的邊界受到衝擊，變得脆弱，岌岌可危，為了保護自我的完整與存續，我們會下意識地把自己用力闔起，像是貝殼用堅硬粗礪的外在護著那柔嫩易傷的內裡，不讓任何東西進入刺探。他們兩人，大概就是這樣的狀態。他說出了一直以來最為壓抑的部分，像是滿水位的水壩裂了一條縫，壩後的所有東西就此趁隙噴發爆出，之後，就只剩下狼籍。她則接受到了一個過於巨大的答案，像是大了十號的卡榫硬嵌進疑問的凹槽；是，真相大白，卻白得刺眼，令人雪盲，不能直視。

好不容易，兩個人的內在靈魂才學會如何打開一扇適當的交流之窗，如今則是一場爆炸後，致使屋瓦盡皆坍塌。2923恢復過往的內向壓抑，小薰再度逃避直視自己的內心，過得渾渾噩噩，他們兩人，當然也就沒再見面，好長好長一段時間。

一切理應結束在這裡。人生總是這樣收場。不預期的傷害，突如其來的變故，不該知曉的秘密，一次就足以毀滅全部的偶然，不可逆的結果。不是如此嗎？他們原本，也理應不該發展出什麼。本就只是同樣處在社會邊緣的畸零人們，沒有強大的內在，怎麼可能成為彼此的倚靠呢，更何況他們的見面，總是橫亙著一面玻璃，必須透過兩盞話筒；或許激發了他們跨越出自我的個體而想要認識對方的，正是這種過份的隔閡也說不定。可若一旦不再設限呢？若是兩人和所有陌生人一樣，在擁擠的街頭擦肩而過，他們有機會替彼此流下一滴眼淚、有機會因為彼此而深深受傷嗎？

是的，一切理應結束在這裡。真實的人生往往如此。可是這是故事，在故事裡，總有千萬種可能性，思緒與想像可以掙脫現實箝制，去搭建另一個專屬於故事的現實。更何況，時間總是有辦法治癒一切。通俗的浪漫愛情故事，也許小薰與２９２３兩個人之間早有了日夜思念且濃烈得無法斬斷的情愫，也許小薰最後會拿出所有勇氣叫２９２３放下過去重新振作，也許２９２３會深深盯著小薰的眼睛而小薰會說那一句「我等你」。

不可否認，這是一種可能性。

也很接近小薰曾經設想過的可能性。

那次會面以後，她確實更常進出書店、租書店，讀了一些她覺得封面吸引她的故事，裡頭確實就有些揭示了這套物事發展的模組。她也確實離開了阿志，學著自己生活，並在一天一天過去的日子裡，想像自己長出了一種自主，不再需要阿志當馬伕告訴她２９２３的預約，就能夠直接靠自己的雙腳，去見他一面。

至於２９２３，我們的男主角，他獨自待在監獄牢房時也想像著，想像著自己出獄以後，能夠開一間書店，放滿所有那些能夠讓他發現自己內心共鳴的書，把這種共鳴也分給他人，而可能哪天，小薰路過這間書店的時候，會想起他們最後一次的會面，會想起他告訴過她書店是一個適合孤獨的地方。為了不讓自己忘記，他決定把這個夢想寫下，讓它不再只是腦海內裡那種曖昧不明的思緒。

他於是提起筆。

外頭的天，就這麼亮了。

109 2923

國家圖書館出版品預行編目 (CIP) 資料

致親愛的孤獨者 / 盛浩偉改編 . -- 初版 . -- 臺北市 : 奇異果文創 , 2019.09
112 面 ; 14.8×21 公分 . -- (說故事 ; 11)
ISBN 978-986-97055-6-1(平裝)

857.7 107022740

說故事 011

致親愛的孤獨者

改　　編　盛浩偉
主　　創　夢田文創
原創劇本　練建宏、廖哲毅、于瑋珊

執行編輯　周愛華
美術設計　Akira Chou

發行人兼總編輯　廖之韻
創意總監　劉定綱
法律顧問　林傳哲律師 / 昱昌律師事務所

出　　版　奇異果文創事業有限公司
地　　址　臺北市大安區羅斯福路三段 193 號 7 樓
電　　話　(02) 23684068
傳　　真　(02) 23685303
網　　址　https://www.facebook.com/kiwifruitstudio
電子信箱　yun2305@ms61.hinet.net

總 經 銷　紅螞蟻圖書有限公司
地　　址　臺北市內湖區舊宗路二段 121 巷 19 號
電　　話　(02) 27953656
傳　　真　(02) 27954100
網　　址　http://www.e-redant.com

印　　刷　永光彩色印刷股份有限公司
地　　址　新北市中和區建三路 9 號
電　　話　(02) 22237072

初　　版　2019 年 09 月 24 日
I S B N　978-986-97055-6-1
定　　價　新台幣 280 元